CW00855028

I Dominique a Nicky

Hawlfraint © David McKee 2007
Y cyhoeddiad Cymraeg © hawlfraint Dref Wen Cyf. 2007

Mae David McKee wedi datgan ei hawl i gael ei adnabod fel awdur y gwaith hwn
yn unol â Deddf Hawlfraint, Dyluniadau a Phatentau 1988.

Cyhoeddiad Saesneg gwreiddiol 2007 gan Andersen Press Ltd., 20 Vauxhall Bridge Road, London SW1V 2SA,
dan y teitl *Elmer and the Rainbow*.
Cyhoeddwyd yn Gymraeg 2007 gan Wasg y Dref Wen, 28 Ffordd yr Eglwys,
Yr Eglwys Newydd, Caerdydd CF14 2EA Ffôn 029 20617860.

Argraffwyd yn yr Eidal.

Cedwir pob hawlfraint.

ELFED a'r ENFYS

David McKee

Trosiad gan Elin Meek

DREF WEN

Roedd Elfed, yr eliffant clytwaith, mewn ogof. Roedd e'n cysgodi rhag storm gydag eliffantod eraill ac adar. "Mae mellt a tharanau'n gyffrous," meddai Elfed. "Ac ar ôl y storm, efallai y gwelwn ni enfys."

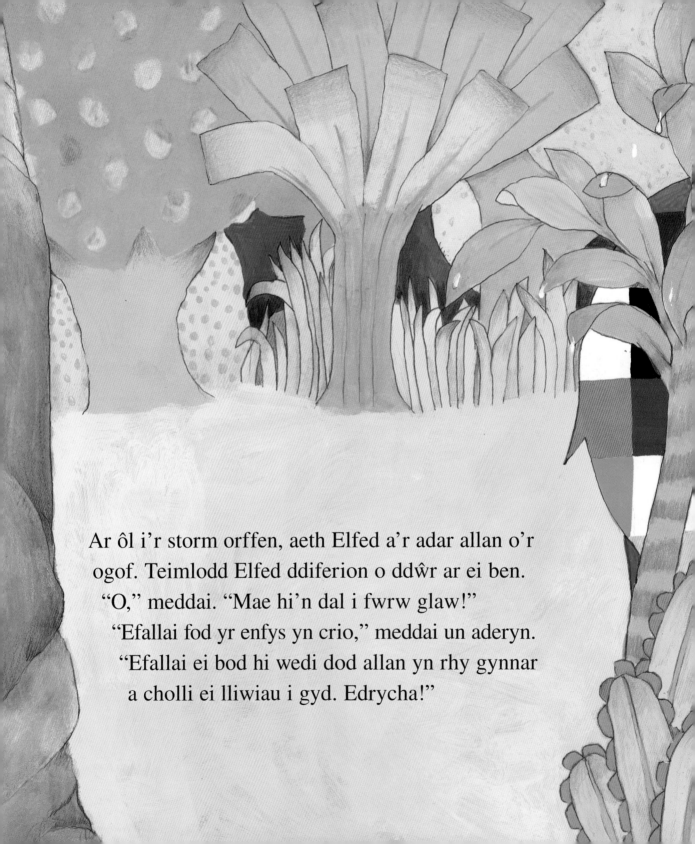

Ar ôl i'r storm orffen, aeth Elfed a'r adar allan o'r
ogof. Teimlodd Elfed ddiferion o ddŵr ar ei ben.
"O," meddai. "Mae hi'n dal i fwrw glaw!"
    "Efallai fod yr enfys yn crio," meddai un aderyn.
    "Efallai ei bod hi wedi dod allan yn rhy gynnar
    a cholli ei lliwiau i gyd. Edrycha!"

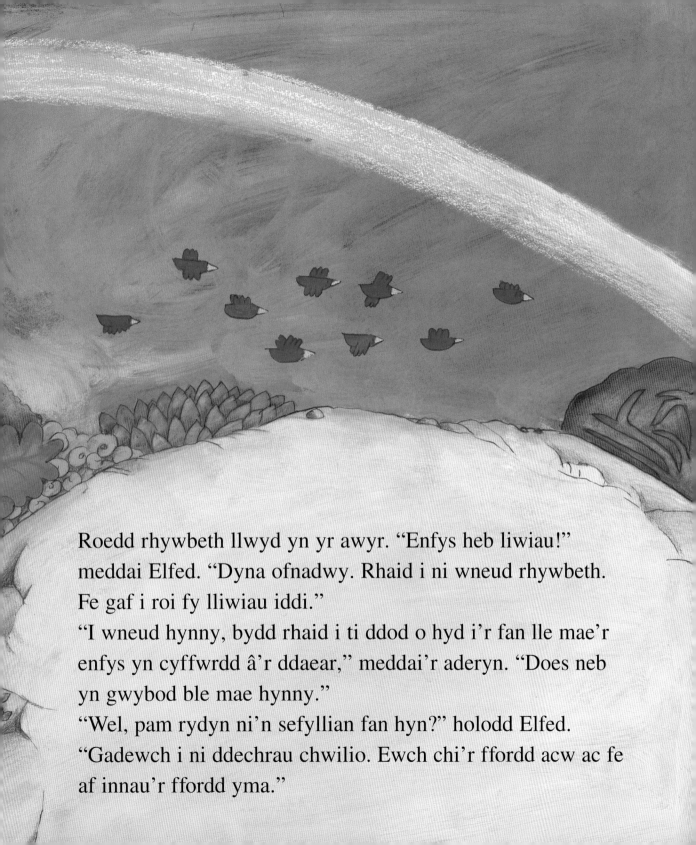

Roedd rhywbeth llwyd yn yr awyr. "Enfys heb liwiau!"
meddai Elfed. "Dyna ofnadwy. Rhaid i ni wneud rhywbeth.
Fe gaf i roi fy lliwiau iddi."
"I wneud hynny, bydd rhaid i ti ddod o hyd i'r fan lle mae'r
enfys yn cyffwrdd â'r ddaear," meddai'r aderyn. "Does neb
yn gwybod ble mae hynny."
"Wel, pam rydyn ni'n sefyllian fan hyn?" holodd Elfed.
"Gadewch i ni ddechrau chwilio. Ewch chi'r ffordd acw ac fe
af innau'r ffordd yma."

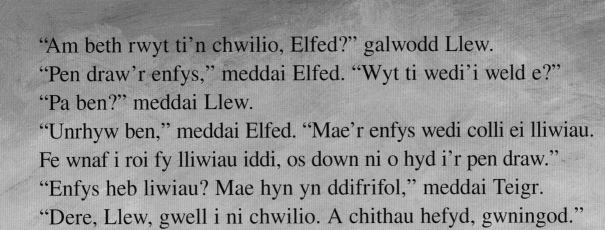

"Am beth rwyt ti'n chwilio, Elfed?" galwodd Llew.

"Pen draw'r enfys," meddai Elfed. "Wyt ti wedi'i weld e?"

"Pa ben?" meddai Llew.

"Unrhyw ben," meddai Elfed. "Mae'r enfys wedi colli ei lliwiau. Fe wnaf i roi fy lliwiau iddi, os down ni o hyd i'r pen draw."

"Enfys heb liwiau? Mae hyn yn ddifrifol," meddai Teigr. "Dere, Llew, gwell i ni chwilio. A chithau hefyd, gwningod."

"Fe fydda i'n rhuo i roi gwybod i ti pan ddown ni o hyd i'r enfys," meddai Llew.

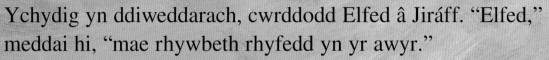

Ychydig yn ddiweddarach, cwrddodd Elfed â Jiráff. "Elfed,"
meddai hi, "mae rhywbeth rhyfedd yn yr awyr."
"Yr enfys yw hi," meddai Elfed, a dywedodd wrthi ei bod hi wedi colli
ei lliwiau. "Wyt ti'n gallu gweld y fan lle mae hi'n cyffwrdd â'r
ddaear?"
Dyma Jiráff yn ymestyn yn uchel iawn. "Nac ydw, dydw i ddim,"
meddai hi.
"Beth fydd yn digwydd i ti, Elfed, os byddi di'n rhoi dy liwiau
iddi?" gofynnodd. Ond roedd Elfed wedi mynd ar ei ffordd i nôl yr
eliffantod.

Roedd yr eliffantod yn dal yn yr ogof. "Ddown ni ddim allan os yw'r peth yna yn yr awyr," medden nhw.

Ond ar ôl i Elfed egluro'r broblem, roedd yr eliffantod yn barod iawn i helpu.

"Beth am Elfed, os bydd e'n rhoi ei liwiau i'r enfys?" gofynnodd un o'r eliffantod.

"Mae'n debyg y bydd e'n edrych fel ni," meddai ei ffrind.

"Mae hynny'n well nag enfys heb liwiau!"

Roedd Elfed gyda'r mwncïod pan ddaeth yr adar yn ôl.
"Dim lwc hyd yma," medden nhw. "Rhaid i ni ddal ati i
chwilio."
"Mae'n amhosibl dod o hyd i ben draw'r enfys," meddai
un o'r mwncïod.
"Ond fe gawn ni hwyl yn ceisio gwneud hynny."

Erbyn i Elfed gyrraedd yr afon, roedd pawb wrthi'n chwilio am yr enfys. "Helo, bysgod," galwodd. "Dydych chi ddim yn digwydd gwybod lle mae'r enfys yn dechrau, ydych chi?"

"Wrth y rhaeadr, fel arfer," meddai pysgodyn, "ond mae rhywbeth llwyd yno heddiw."

"Yr enfys yw hi!" meddai Elfed. "Dewch, draw â ni at y rhaeadr!"

Ac yn wir, roedd enfys heb liwiau'n dod allan o'r rhaeadr. Roedd y chwilio ar ben! Galwodd Elfed, y pysgod a'r crocodeilod yn uchel ar yr anifeiliaid eraill. Yna, heb oedi dim, aeth Elfed y tu ôl i'r rhaeadr.

Erbyn i'r anifeiliaid eraill gyrraedd, doedd dim golwg o
Elfed. Yn raddol, dechreuodd lliwiau ymddangos yn yr
enfys.
"Hwrê!" gwaeddodd yr anifeiliaid.
"Ond beth am Elfed?" sibrydodd un o'r eliffantod.

Yn union fel petai'n ei ateb, dyma Elfed yn ymddangos o'r tu ôl i'r rhaeadr.

Roedd ei liwiau ganddo o hyd! Gwaeddodd yr anifeiliaid "Hwrê!" unwaith eto.

"Ond Elfed," meddai eliffant, "fe roddaist ti dy liwiau i'r enfys. Sut bod dy liwiau gen ti o hyd?"

Chwarddodd Elfed, "Mae rhai pethau rwyt ti'n gallu eu rhoi o hyd ac o hyd heb eu colli nhw. Pethau fel hapusrwydd neu gariad neu fy lliwiau i."

Yn ddiweddarach, ar y ffordd adref, meddai Teigr, "Roeddwn i'n meddwl tybed a fyddai'r enfys yn enfys glytwaith." Gwenodd Elfed.

"Paid â sôn," meddai Llew. "Mae eliffant clytwaith yn ddigon o drafferth!"

Y tro yma, chwarddodd Elfed lond ei fol.

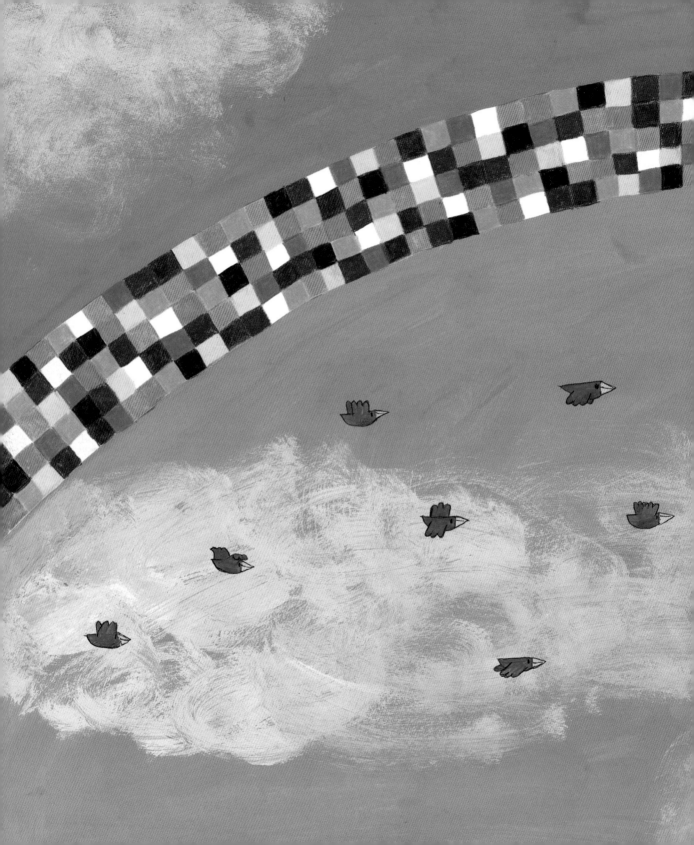